CW00481198

Mystère à Balabio

Dominique Sala

Mystère à Balabio

Roman

LE LYS BLEU
ÉDITIONS

© Lys Bleu Éditions – Dominique Sala

ISBN : 979-10-377-6630-4

*Merci à Marie-France et Sophie
pour leur soutien et leurs encouragements.*

Chapitre 1
Changement de plan

C'est le début des grandes vacances et Noah, un jeune garçon de douze ans, est couché sur son lit. Guillaume son meilleur ami est avec lui.

— C'est nul, on s'ennuie ! se lamente Noah.

— Tu veux jouer à la Switch ? J'ai reçu le dernier Mario Party pour mon anniversaire ! lui propose Guillaume.

— Non ! Pfffffffffff, c'est nul, on s'ennuie !

— Heu, tu l'as déjà dit ! se moque Guillaume.

— Oui, mais ça fait une semaine qu'on est en vacances et on tourne en rond. J'en ai marre de toujours jouer aux mêmes jeux. J'ai envie de revivre les mêmes aventures que l'année dernière. C'était trop génial…

— Ouais, tu oublies que pour moi ça n'a pas été super !

— C'est vrai, excuse-moi. Mais tu vois j'ai fait tellement de choses que maintenant tout me semble nul.

L'an dernier, Noah avait passé les grandes vacances à La Roche Percée, une plage près du village de Bourail[1] chez sa grand-mère Colette. Avec Yael, un copain Kanak[2] qu'il s'était fait sur place, ils y avaient vécu une fabuleuse aventure. Vous vous rendez compte, en jouant à Indiana Jones (le héros préféré de Noah qui veut être archéologue plus tard), ils avaient exploré les lieux de La Roche Percée et après un cyclone, ils avaient découvert un trésor archéologique (des pétroglyphes[3]) dans une grotte. Malheureusement, Guillaume n'avait pu être de la découverte car il s'était cassé la jambe et n'avait pas pu venir rejoindre son ami à Bourail.

— Mais arrête de te lamenter, dit Guillaume. On part bientôt et surtout, cette année je viens avec toi.

Hé oui, cette année, Guillaume vient avec lui. Noah se souvient encore de son immense déception, l'an dernier, quand sa mère lui avait annoncé que Guillaume s'était cassé la jambe et qu'il ne viendrait pas le rejoindre. Il en avait

---

[1] Village sur la côte ouest de la Nouvelle-Calédonie. La Roche Percée : plage prisée des surfeurs et lieu de reproduction des tortues Grosse-Tête à Bourail.
[2] Peuple autochtone de Nouvelle-Calédonie.
[3] Un pétroglyphe est un dessin symbolique gravé sur de la pierre et fait donc partie de l'art rupestre.

pleuré. Mais cette année, pas de souci, car ils partent ensemble après-demain. Sa grand-mère ne devrait plus tarder maintenant. En effet, c'est elle qui vient les chercher car sa mère travaille jusqu'au 21 décembre[4]. Elle les rejoindra ensuite pour passer Noël et le réveillon du 31 avec eux.

Tout à coup, le téléphone sonne. Noah court pour répondre, mais sa mère a déjà le combiné en main lorsqu'il arrive dans le salon.

— Allo ?

— …

— Ah, bonjour mam[5] ! Où es-tu ?

— …

— Quoi ? Mais comment elle va ? Ce n'est pas trop grave ?

— …

— D'accord. Je leur explique. Bisous mam et embrasse tantine pour moi.

Elle raccroche, se tourne et se retrouve devant deux têtes curieuses et impatientes.

— Qu'est-ce qu'il y a ? C'est Cléo ? Elle est blessée ? demande Noah inquiet pour la chienne de sa grand-mère.

— Non c'est plus grave que ça, répond maman. C'est sa cousine qui s'est cassé le bras et qui a besoin

---

[4] Les grandes vacances vont de la mi-décembre à la mi-février en Nouvelle-Calédonie durant l'été.

[5] (Prononcer mame) maman.

d'aide pour les vacances. Du coup, mamie a dû monter à Koumac[6] pour l'aider…

— Hein ! Mais et nous ? On va plus à Bourail ? C'est nul ! l'interrompt Noah en râlant.

— Si tu m'avais laissé finir, je t'aurais dit que demain je vous mets au bus et mamie vous récupère à Koumac.

— Mais qu'est-ce qu'on va faire à Koumac ? C'est nul !

— Tu l'as déjà dit ! se moque sa mère. Écoute Noah, c'est comme ça. On n'y peut rien. Alors, avec Guillaume, vous allez passer vos vacances à Koumac et vous y rencontrerez plein de gens nouveaux.

— C'est chouette, dit Guillaume. Moi, je ne suis jamais allé plus loin que Bourail. Je vais enfin connaître un peu mon pays.

— Ouais, ronchonne Noah. Mais j'avais prévu plein de choses et Yael ? Il faut que je l'appelle. Décidément, il faut toujours que quelqu'un se casse quelque chose pour me gâcher les vacances.

— Mon pauvre chéri ! Enfin en attendant, allez préparer vos sacs et ce soir il faudra vous coucher tôt car le bus part de Nouméa à quatre heures du matin.

---

[6] Commune du nord de la Nouvelle-Calédonie.

Chapitre 2
Le voyage

Drinnnngggggg ! Le réveil sonne et il semble insister. Noah l'entend, grogne mais ne bouge pas quand soudain, il est secoué par une force invisible.

— Allez la marmotte, lève-toi ! lui dit Guillaume surexcité.

— Fous-moi la paix. Il fait encore nuit. Rendors-toi.

— Mais enfin, lève-toi ! Il est trois heures du matin. Je ne me suis jamais levé aussi tôt. C'est trop cool !

— Trois heures du matin ! T'es complètement givré ! Et pourquoi tu t'excites comme ça ?

— Mais enfin, t'as Alzheimer précoce ou quoi ? On doit prendre le bus pour aller à Koumac rejoindre ta grand-mère.

Noah est sur ses pieds en un clin d'œil. Il file avec Guillaume dans la cuisine pour prendre un bon petit-déjeuner. Puis une demi-heure plus tard, ils sont dans la voiture, direction la gare routière.

Pendant que madame Leblanc prend les billets des garçons, ces derniers regardent le marché de Nouméa qui se réveille et le va-et-vient des marchands de fruits et légumes ainsi que le ballet des bateaux de pêche qui arrivent et déchargent leur précieuse cargaison.

— Voilà les garçons, dit-elle en leur tendant à chacun un ticket. Venez, vous allez vous installer derrière le chauffeur.

Elle se dirige vers un grand bus orange et blanc avec le nom « Koumac » qui défile sur la girouette située au-dessus du pare-brise. Elle monte à bord, suivie des deux garçons un peu intimidés.

— Bonjour monsieur, dit-elle au chauffeur. Est-ce que vous pourrez jeter un œil à mes deux garçons durant le trajet ? C'est la première fois qu'ils prennent le bus seuls et ils ne sont pas très rassurés.

— Ne vous inquiétez pas madame. Allez jeunes gens, installez-vous car on va bientôt partir.

— Allez tata[7] mam. On t'appelle dès qu'on arrive.

Après mille bisous et mille recommandations, madame Leblanc descend du bus et le regarde partir.

Après plusieurs heures de route et une halte à Bourail pour prendre la pause casse-croûte et

---

[7] Façon de dire au revoir.

toilettes, le bus arrive enfin à Koumac. À la gare routière, les garçons, après avoir salué le chauffeur, récupèrent leurs bagages et vont sur le parking.

— C'est mamie Colette ! Regarde Guillaume, elle est là. Coucou mamie, crie Noah en lui faisant signe. Viens Guillaume !

— Coucou les enfants, dit mamie Colette en embrassant les deux garçons. Vous avez fait bon voyage ?

— Heu ! C'était intéressant, répond Guillaume.

— C'était chiant, tu veux dire ! On est parti à quatre heures et il est midi. Tu te rends compte. J'en pouvais plus. En plus, à Témala, une dame est montée dans le bus et elle puait. C'était horrible !

— Comment ça elle puait ?

— Ben, en fait je crois que c'était son parfum qui sentait fort, dit Guillaume.

— Bon, ce n'est pas grave du moment que vous êtes là. Allez, je vous emmène manger un morceau car après, on a encore trois heures de route.

— Quoi ? Mais on est à Koumac, on a vu le panneau en passant ! s'étonne Noah.

— Oui, mais ma cousine habite plus loin dans le Nord. Elle a une propriété en bord de mer. C'est super vous verrez.

En ronchonnant, Noah range sa valise dans le coffre de la voiture et s'installe à l'avant.

— Alors Guillaume ? Ma fille m'a dit que tu n'avais jamais été plus loin que Bourail ? Noah non plus d'ailleurs.

— Non madame, dit Guillaume.

— Et comment as-tu trouvé le Nord ?

— Ben en fait, j'ai beaucoup dormi et je n'ai pas vu grand-chose, répond Guillaume un peu dépité. C'est dommage.

— Ne t'inquiète pas, le plus beau reste à venir.

Après un bon hamburger, des frites et un coca, le voyage reprend.

Chapitre 3
L'arrivée

Un chaos plus profond que les autres réveille Noah qui demande où ils sont.

— Plus très loin, dit mamie Colette. On vient de prendre la route qui va sur la propriété de ma cousine.

Une demi-heure plus tard, ils arrivent enfin chez Camille, la cousine de Mamie Colette.

Une dame avec le bras dans le plâtre les accueille.

— Bonjour les garçons, vous avez fait bonne route ? Je sais que c'est un long voyage pour venir jusqu'ici, mais vous verrez, ça en vaut la peine. Venez, je vais vous montrer votre chambre. Les autres ne vont pas tarder à arriver.

— Quels autres ? demande Noah.

— Tes cousins Noah, mon fils Tom et ses deux enfants.

— Ils n'ont pas de mère ?

— Bien sûr que si, Sophie, c'est la cousine de ta mère, Noah. Mais comme ta mère, elle travaille et viendra plus tard, pour Noël.

— On va être nombreux ?

— Une bonne dizaine. C'est pour ça que j'ai demandé à ta grand-mère de venir m'aider.

Elle n'a pas fini de parler que le moteur d'un 4X4 se fait entendre.

— Quand on parle du loup…

Un homme et deux adolescents, un peu plus âgés que Noah et Guillaume, descendent du 4X4.

— Salut mamie, dit le plus grand. Salut tantine Colette.

— Bonjour mes chéris, dit Camille en embrassant les deux garçons. Les garçons, je vous présente Noah votre cousin et son ami Guillaume. Noah et Guillaume, je vous présente mes petits-fils Adam et Yohan.

— Salut, dit Adam, le plus âgé. Vous dormez où ?

— Heu, je sais pas, dit Noah.

— Je les ai mis avec vous dans la grande chambre, dit Camille. Comme ça vous pourrez discuter.

Le reste de l'après-midi est consacré au rangement. Le soir, Noah et Guillaume apprennent à jouer à la belote et s'amusent beaucoup.

Chapitre 4
La nouvelle

Cela fait trois jours que les garçons sont arrivés et personne ne les voit de la journée. Ils passent leur temps à explorer la propriété avec Adam et Yohan, et semblent s'amuser comme des fous. Dès le lendemain de leur arrivée, ils ont participé à leur premier coup de chasse comme on dit en brousse[8]. Guillaume n'avait jamais tenu un fusil de sa vie ni Noah d'ailleurs. Ils ont adoré, surtout que Yohan a réussi à tuer un cerf[9]. Par contre, la partie dépeçage ne les a pas plus emballés que ça. Le soir, ils ont mangé un

---

[8] Nom donné aux espaces ruraux de la Grande Terre de Nouvelle-Calédonie. Elle s'oppose en effet aux espaces urbains du Grand Nouméa. Les gens qui vivent en brousse sont appelés les « broussards ».

[9] Prononcer cerfff (le f se prononce). Le cerf qu'on trouve en Nouvelle-Calédonie est le rusa. Il est nuisible car il mange et détruit toutes les plantes (et on trouve ici plus de 4000 espèces de plantes dont 2500 endémiques). Et c'est là que notre rusa pose problème. Pour remédier à cela, les Calédoniens le chassent pour le manger en salade, en rôti, en saucisson ou au barbecue. C'est excellent.

bon rôti avec des patates douces. « C'est meilleur quand on l'a soi-même chassé », a dit Noah.

Le soir, ils jouent à la belote. Ils rigolent bien surtout quand Tom, le fils de Camille, décide de tricher. Là, les parties deviennent épiques ! Que de choses à raconter lorsqu'ils retourneront à Nouméa. Finalement, la mère de Noah avait raison.

Un soir, Tom leur annonce qu'ils vont aller passer quelques jours en camping sur un îlot pas très loin, l'îlot Balabio. Les garçons exultent et bien sûr les questions fusent.

— Balabio ? C'est où ? demande Guillaume.

— C'est un îlot pas très loin d'ici. Et en fait, c'est là qu'un équipage de James Cook a débarqué en 1774, dit Camille.

— Quoi ? Mais on a fait un travail sur la découverte de la Nouvelle-Calédonie au collège et personne ne nous a parlé de Balabio. Les profs nous ont dit que Cook avait débarqué à Balade, s'exclame Noah.

— C'est vrai. James Cook a bien mouillé dans la baie de Balade le 9 septembre 1774 mais un de ses lieutenants, avec des membres de l'équipage, est parti de la Résolution, le bateau de Cook, pour aller explorer le nord de l'île et il a débarqué à Balabio. Il a pris contact avec les Kanaks, qu'ils appelaient à l'époque des naturels, et a commercé avec eux.

— C'est dingue ! Tu te rends compte Noah, on va aller sur l'îlot où James Cook a débarqué. C'est mieux qu'au collège. C'est l'histoire en direct !

Guillaume et Noah sont surexcités. Quand ils vont raconter ça à madame Leblanc ! Pour une fois, ce sont eux qui vont lui apprendre quelque chose. Et oui parce qu'il faut préciser que madame Leblanc, la maman de Noah, est leur professeur de français et que c'est avec elle et d'autres professeurs qu'ils ont fait ce travail sur la découverte de leur pays. Noah exulte.

— Je vais apprendre quelque chose à maman, je vais apprendre quelque chose à maman, répète-t-il en se pavanant dans la pièce.

Tout à coup…

« Une étrange découvertc a eu lieu ce matin à La Roche Percée à Bourail », annonce le présentateur du journal local.

— Mamie, viens voir, ils parlent de Bourail à la télé.

« Ce matin, les habitants de La Roche Percée, à Bourail ont découvert plusieurs nids de tortue éventrés et vidés de leurs œufs. Ils ont d'abord pensé aux chiens errants mais le fait qu'il n'y ait plus rien dans les nids laisse plutôt penser à un vol. En effet, les œufs de tortue sont très prisés par certaines populations et peuvent se vendre très chers pour certains restaurateurs en quête d'exotisme. Une enquête de la gendarmerie a été ordonnée suite à la plainte déposée par les associations de sauvegarde des tortues marines. »

— Ben ça alors ! s'exclame Noah. C'est n'importe quoi. Je suis allé avec mamie les voir l'année dernière et c'était super. C'est nul !

— Bon, c'est entre les mains de la gendarmerie maintenant, dit Tom. En attendant, allez vous coucher car demain on va partir assez tôt.

Chapitre 5
Balabio

Le lendemain, Tom, son père, sa mère, mamie Colette et les quatre garçons embarquent dans le bateau en direction de l'îlot Balabio. Il fait très beau et la mer est super calme. Tout à coup, le père de Tom crie :

— Là, regardez, une tortue !

— Où ça ? demande Guillaume.

— Sur ta droite.

— Oui, je la vois. C'est génial.

Un peu plus loin, ils croisent un groupe de dauphins qui fait un bout de route avec eux, nageant et sautant devant le bateau. Les garçons sont aux anges. « Décidément, ces vacances sont encore mieux que celles de l'an dernier, pense Noah ».

En arrivant sur l'îlot, Noah aperçoit une sorte de caillou blanc qui brille à flanc de montagne.

— Qu'est-ce que c'est ?

— Ça, c'est le caillou blanc. C'est un bloc de quartz, dit le père de Tom. Il est visible par les gens de la tribu de Tiari, en face, sur la grande Terre[10]. La légende dit qu'autrefois, au temps des guerres tribales, les Belep[11] venaient par la mer avec leurs pirogues. Ils venaient pour tuer des hommes pour les manger ou pour kidnapper les femmes et les enfants. Pour alerter les guerriers de Téari, les guetteurs, qui étaient sur Balabio, recouvraient le rocher.

— Attention, on accoste.

Ça y est, ils sont sur l'îlot. Tout le monde aide au débarquement des marchandises et au montage des tentes. Guillaume, regarde Tom qui descend un genre de téléphone.

— Il est bizarre ton téléphone !

— C'est parce que ce n'est pas un téléphone, répond le père d'Adam. C'est une radio marine portative.

— Ben, ça ne sert à rien, on a des téléphones portables maintenant, dit Noah qui s'était approché.

— C'est là où tu te trompes bonhomme. Ton portable, s'il n'y a plus de relai, il ne fonctionne plus. Alors que la radio marine, elle, fonctionne toujours, explique Tom. Elle est indispensable sur un bateau.

— Comment ça marche ? demande Noah.

---

[10] La Grande Terre est le nom donné à la Nouvelle-Calédonie par opposition aux îles et îlots qui l'entourent.
[11] Bélep est une île habitée au nord de la Grande Terre.

— Il suffit de tourner ce bouton, et de se mettre sur le canal 16. C'est celui des urgences. Bon, je la range dans la tente. Allez à table, j'ai faim.

Comme ils ont fait un coup de pêche en venant, ils mangent du poisson grillé et du riz pour le déjeuner.

— C'est le meilleur poisson que j'ai mangé, dit Guillaume en débarrassant la table.

— Bon, ce n'est pas tout ça, mais moi je vais faire une sieste, lance mamie Colette. Et vous les garçons, qu'allez-vous faire ?

— On va aller explorer les alentours, répond Noah.

Tout le monde va se coucher sous les arbres et les quatre garçons partent à l'aventure. Ils partent le long de la plage. Vers cinq heures, ils reviennent vers le campement.

— Ah, vous voilà ! On commençait à s'inquiéter, dit mamie Colette.

— Alors, qu'est-ce que vous avez trouvé ? demande Tom.

— Rien, on a juste fait un tour, répond Noah. Dis Tom, tu crois qu'on pourra rentrer à l'intérieur de l'île ?

— Bien sûr.

— Mais faites attention à la Dame Blanche ! lance le père de Tom.

— La quoi ? s'exclament les garçons.

— Arrête de raconter n'importe quoi, tu vas leur faire peur, le gronde sa femme.

— Mais non tantine, on n'est plus des bébés. Hein Guillaume ? Alors tonton c'est quoi cette histoire de Dame blanche ?

— Alors, la Dame Blanche est une femme, un fantôme, un esprit, habillée de blanc qui apparaît la nuit dans certains endroits. Mais attention lorsqu'elle apparaît, elle annonce une mauvaise nouvelle, un malheur, raconte le père de Tom d'une voix lugubre. Il paraît qu'il y en a une sur Balabio. Autrefois, une famille vivait sur l'île. L'histoire dit qu'un soir de tempête, ils durent prendre la mer pour retourner sur la Grande Terre. La mère resta sur l'île et elle aperçut la Dame Blanche. Le lendemain matin, on apprit que ceux qui étaient sur le bateau étaient morts.

— Bon, ça suffit. Tu racontes n'importe quoi, dit Camille à son mari.

— Mais non, tu peux toujours demander aux vieux de la tribu. Ils s'en souviennent eux. Et puis c'est ma mère qui m'a raconté cette histoire et elle n'avait pas pour habitude de mentir, réplique son mari.

— Je sais que ta mère ne mentait pas. Je dis juste qu'elle a inventé cette histoire pour que tes frères et toi vous teniez tranquilles. C'est tout !

— Bon, peu importe, dit mamie Colette. Toutes ces histoires de « dame blanche » existent sur l'ensemble de la Nouvelle-Calédonie mais personne ne peut certifier qu'elles sont vraies. Comme toutes les légendes, parce que c'est une légende, l'histoire de la Dame blanche doit être basée sur une part de vérité. Mais cette vérité remonte à tellement loin que plus personne ne peut démêler ce qui est vrai de ce qui est faux. Allez, au lit tout le monde.

Chapitre 6
La dame blanche

Le lendemain, le soleil est radieux. Encore une magnifique journée qui s'offre aux garçons. Après avoir pris leur petit-déjeuner, Tom les emmène à la pêche aux coquillages.

A dix heures, ils reviennent, enchantés et font cuire les araignées[12] qu'ils ont ramassées. La mère de Tom les fera en gratin ce soir.

Après le déjeuner, alors que les adultes font la sieste, les quatre garçons décident d'explorer l'intérieur de l'île. Les plages c'est bien mais il n'y a pas trop de mystère. Toute l'après-midi, ils explorent l'île. Ils longent un petit creek[13], grimpent sur la colline et s'assoient pour admirer le panorama.

---

[12] Coquillage en forme de main comestible et excellent.

[13] Ruisseau

— Regardez, on voit un bateau, là-bas. Hou hou, crie Guillaume dans le vent.

— Tu parles, ils ne t'entendent pas, il est trop loin, dit Adam. Allez, venez, on continue notre exploration.

— Qui sait, on va peut-être découvrir un trésor ? Imaginez que cette île ait servi de repère à des pirates et qu'ils y aient caché leur trésor, s'exclame Noah.

— N'importe quoi ! La Nouvelle-Calédonie n'est pas connue pour ses pirates, se moque Guillaume. On n'est pas dans les Caraïbes ! Mais c'est vrai que Noah se prend pour Indiana Jones, toujours à la recherche de trésors cachés.

— Qu'est-ce que tu en sais ? Tu étais là peut-être ? L'histoire ne raconte pas tout.

— Si ça te fait du bien d'y croire ! Eh, regardez, on dirait que le bateau vient par ici.

— C'est bizarre, papa nous a dit que personne ne venait ici, s'étonne Yohan.

— Il n'a pas dit ça, il a dit « que c'était tranquille et qu'il y avait peu de monde qui y venait ». C'est pas la même chose ! dit Adam.

— Ouais, bon, en tout cas moi, je trouve ça bizarre. En plus, tu as vu le bateau, il est super grand, riposte Yohan.

— Alors « le bateau » c'est un voilier, dit Adam. Ça doit être des touristes qui font le tour de la Nouvelle-Calédonie en bateau. Et regardez, ils font demi-tour !

— Je sais que c'est un voilier. Pas la peine de faire ton « prof », répond Yohan vexé à son frère. Tu m'énerves quand tu fais ça.

— Mais oui, petit frère ! Je suis l'aîné et je me dois de t'apprendre les choses que tu ne sais pas, se moque Adam en prenant un ton académique.

— Bon, on repart ? Vous traînez là, dit Guillaume en leur tirant la langue.

— Non mais, j'hallucine.

Ils redescendent de la colline, et vont explorer l'autre versant de l'île. Au bout d'un moment, alors qu'ils arrivent en vue d'une petite crique abritée et très encaissée, Noah fait remarquer aux autres qu'il est tard et qu'ils devraient peut-être rentrer au campement. Ils acquiescent. Effectivement, le soleil est en train de se coucher et la nuit tombe vite sous les tropiques. De plus, les adultes risquent de s'inquiéter. Ils vont reprendre leur marche quand tout à coup, Noah aperçoit quelque chose ;

— Regardez, c'est quoi ? demande-t-il en montrant une étrange lueur.

— Je ne sais pas. On va voir, ça n'a pas l'air très loin, répond Adam.

— OK.

Ils se rapprochent de la lueur mystérieuse et alors qu'ils sont à une vingtaine de mètres, Noah s'arrête, affolé.

— On… on dirait une forme humaine.

— Tu… tu crois, rétorque Guillaume pas plus fier.

Tout à coup, une femme surgit devant eux dans un halo de lumière. Les garçons sont tétanisés. Ils ne bougent plus. La femme semble flotter dans les airs. Elle murmure quelque chose d'à peine audible, que les garçons ne comprennent pas. Ils reculent de quelques mètres et aussi soudainement qu'elle était apparue, la femme disparaît et tout redevient calme. Les garçons, sans attendre, s'enfuient en hurlant de terreur.

Ils courent à en perdre haleine. La végétation leur fouette le visage mais ils n'en ont cure. Ils courent, ils courent. Soudain, Noah est happé par une main et se remet à hurler.

— Oh ! du calme. Qu'est-ce qui t'arrive ?

Ouf ! ce sont Tom et son père. Les garçons, soulagés, parlent tellement vite que les deux hommes ne comprennent rien.

— Stop. Doucement, si vous hurlez tous les quatre en même temps, comment voulez-vous qu'on vous comprenne ? Alors qu'est-ce qui se passe ?

— C'est la Dame Blanche, on l'a vue ! dit Guillaume.

— La Dame Blanche, mais ce n'est qu'une légende. Elle n'existe pas. Personne ne l'a jamais vue.

— Mais pépé a dit hier soir…, balbutie Yohan.

— Ce n'est qu'une légende, dit le père de Tom. Une légende que l'on raconte le soir devant le feu pour se faire peur. C'est tout.

— Mais je vous jure qu'on a vu une femme. Elle était habillée de blanc et on aurait dit qu'elle flottait au-dessus du sol, dit Adam.

— C'était où ? demande Tom.

— Ben, on ne sait pas trop, car on a marché un peu au hasard. Mais c'était dans une crique très jolie. On a vu une lueur, alors on s'est approché et c'est là qu'on l'a vue, reprend Yohan.

— Ça doit être au nord-ouest. Ce que vous avez vu est ce qu'on appelle une illusion d'optique. Entre le coucher du soleil et la nuit qui commence à tomber, il y a des ombres et c'est ce que vous avez dû voir, explique Tom.

— Et tes illusions d'optique, elles parlent aussi ? demande Yohan.

— Non, mais il doit y avoir une explication. Peut-être le vent dans les arbres. Allez, on rentre car ta grand-mère s'inquiète Noah.

— C'est vrai. On est ridicule. Les fantômes, ça n'existe pas, dit Guillaume.

— Heu, si on pouvait éviter de leur parler de ça, dit le père de Tom, ça m'arrangerait. Vous avez vu la réaction de Camille hier. Alors si elle apprend ça…

— T'as peur de te faire engueuler par mam, dit Tom en éclatant de rire.

Lorsqu'ils arrivent au campement, les deux femmes courent vers eux en agitant les bras.

— On est bon pour une engueulade, dit Noah à Guillaume.

Et effectivement, mamie Colette n'est pas contente du tout et le fait savoir à son petit-fils.

— Mais vous êtes inconscients ! Vous ne connaissez pas l'île et vous auriez pu vous perdre. Elle est très grande. La prochaine fois, restez dans les alentours. Maintenant, allez vous doucher, on va manger.

— Et toi Adam, tu es le plus grand. J'aurais cru que tu avais plus de jugeote, crie sa grand-mère. La prochaine fois, les punitions tomberont. C'est clair !

Les quatre garçons, se dirigent tête basse, vers le coin douche. Lorsqu'ils ne sont plus à portée de voix, Noah dit :

— Il peut bien dire ce qu'il veut Tom. Je suis sûr de ce qu'on a vu. Vous êtes d'accord ?

— Ben, je ne sais plus trop. En tout cas, j'ai eu la trouille de ma vie et je ne suis pas prêt d'y retourner, dit Guillaume.

— Ben si, au contraire. Demain, on y retourne pour en avoir le cœur net, dit Adam.

— T'es sûr ? Parce que moi…, s'inquiète Yohan.

— Ne me dis pas que tu as les j'tons ?

— Non mais, tu as entendu mémé ! Je n'ai pas envie d'être puni !

— Alors pas de mais, demain on va aller élucider ce mystère. On fera attention à l'heure c'est tout.

— D'accord, dit Yohan sans conviction. Vous êtes d'accord vous deux ?

— Oui, répondent en chœur Noah et Guillaume.

— Allez, venez. J'ai faim et j'ai hâte de goûter le gratin d'araignées, reprend Noah.

Chapitre 7
L'accident

Le lendemain, les garçons veulent partir en exploration, mais c'est sans compter sur mamie Colette et Camille qui refusent qu'ils y aillent seuls.

— Hors de question ! dit mamie Colette. Vous nous avez fait suffisamment peur hier.

— Tout à fait, renchérit Camille. Vous allez venir à la pêche avec nous. On a besoin de gros bras pour nous aider. Prenez la barre à mine.

En ronchonnant, les quatre garçons prennent les sacs que leur tendent les deux femmes et les suivent.

— Qu'est-ce qu'on va faire avec une barre à mine ? On va à la pêche, on ne va pas creuser des trous, s'étonne Noah.

— On va à la pêche aux scrofish. On les trouve derrière la pointe que l'on voit là-bas, répond Camille.

— Des quoi ? demande Guillaume.

— Des scrofish, répond mamie Colette. Ce sont des crustacés qui vivent enfouis dans le sable. C'est très bon.

Après une demi-heure de marche, la petite troupe arrive dans une petite baie. Comme c'est marée basse, elle est à découvert.

— Alors, vous devez repérer des trous. En principe, il y en a deux peu éloignés l'un de l'autre. Allez tout le monde cherche.

Les quatre garçons partent d'un côté, Camille et mamie Colette d'un autre. Au bout d'un moment, Camille rappelle les garçons :

— Venez voir, je crois que j'en ai trouvé un. Adam prend la barre à mine et tape dans le trou. Nous, on va à l'autre bout du trou et on attend que la bestiole sorte.

Adam commence à taper. Au bout de quelques minutes, les enfants, ébahis, voient sortir une drôle de bestiole. Mamie Colette l'attrape et la range dans un sac.

— Fais voir, mamie, demande Noah.

Colette ressort le scrofish pour le montrer plus en détail aux garçons.

— Beurk ! s'exclame Noah. On dirait un gros mille-pattes sans pattes avec une carapace. C'est dégueu.

— C'est ça ! On en reparlera ce soir quand tu vas les manger, se moque Yohan. C'est super bon.

— Allez, on continue, reprend Camille. Parce qu'avec un seul spécimen, on va se battre.

Après deux heures de pêche, nos pêcheurs reprennent le chemin du retour. Les estomacs commencent à crier famine car il ne doit pas être loin de midi. La troupe chemine tranquillement. En effet, le passage de la pointe est plus délicat que le matin car l'eau recommence à monter et les rochers sont plus glissants. Tout à coup, un hurlement se fait entendre. Les garçons, qui marchent devant, se retournent et voient mamie Colette les quatre fers en l'air. Ils éclatent de rire mais s'interrompent rapidement car elle a l'air de s'être fait très mal.

— Mamie, tu vas bien, s'inquiète Noah.

— Je ne crois pas, non. J'ai très mal au poignet.

— Ouah, regarde comme ça a gonflé ! s'exclame Yohan.

— Les garçons, aidez Colette à se relever et rentrons au plus vite, dit Camille. J'appelle Tom pour qu'il vienne à notre rencontre.

Quelques minutes plus tard, ils aperçoivent Tom qui arrive en courant.

— Ben alors ? Qu'est-ce que tu as foutu tantine ? T'as voulu faire concurrence à mam ? Un bras cassé ne suffisait pas, se moque-t-il.

— C'est ça, moque-toi. En attendant, ça fait un mal de chien, rétorque Colette.

— Bon ben, on va écourter notre camping, dit Camille.

— Oh non ! s'exclament les garçons.

— Mais non, dit Tom. Je ramène les vieux à la maison, de là papa accompagnera mam et tantine à Koumac et moi je reviens avec vous. Qu'est-ce que vous en pensez ?

— Je ne sais pas, répond Camille. Les laisser seuls sur l'île. C'est un peu dangereux, non ?

— Mais j'en ai pour une heure à faire l'aller-retour. S'il y a quoique ce soit, ils ont les téléphones, dit Tom. Et le bateau ira plus vite si on est moins chargé.

— Bon d'accord, dit Colette. C'est vrai, il n'y a aucune raison de gâcher leurs vacances.

— Merci mamie, dit Noah. Mais tu es sûre que ça va aller ?

— Mais oui, ne t'inquiète pas. Tom a fait des grillades avec du riz. Par contre, vous ne bougez pas d'ici tant qu'il n'est pas de retour, ordonne Colette.

— Promis mamie.

Les quatre adultes embarquent dans le bateau. Les garçons le suivent des yeux jusqu'à ce qu'il disparaisse derrière la pointe.

Chapitre 8
La panne

Après avoir mangé, les quatre garçons décident de se baigner à la mer. Il fait un temps magnifique et comme ils ont promis de ne pas bouger autant profiter de la superbe baie qui s'offre à eux.

Vers seize heures, Yohan commence à s'inquiéter de ne pas voir son père.

— Il devrait déjà être revenu, dit-il.

— Tu as raison. Ça fait plus de quatre heures qu'il est parti. Ce n'est pas normal, il avait dit qu'il en aurait pour une heure, répond son frère. Où est le téléphone Noah ?

— Il est sur ma serviette dans mon sac, dit Noah en allant le chercher.

Adam compose le numéro de son père. Noah lui demande de mettre le haut-parleur afin qu'ils puissent tous entendre. Au bout de quelques sonneries ; la voix de Tom retentit :

— Allo, c'est vous les garçons ?

— Oui papa c'est nous, dit Adam. Qu'est-ce qui se passe ? Pourquoi tu n'es pas encore là ? Il y a eu un problème avec tantine Colette ?

— Non, tantine est partie à Koumac avec papa et mam. Mais quand j'ai voulu reprendre la mer, le moteur n'a rien voulu savoir. Je suis avec ton oncle et on essaye de le réparer. Mais pour le moment rien ne fonctionne et ça commence à m'inquiéter. Je ne sais pas si je vais pouvoir vous rejoindre ce soir.

— Ne t'inquiète pas pour nous. On va sagement rester au campement ce soir. Il nous reste encore plein de choses à manger.

— Vous êtes sûrs ? Vous n'aurez pas peur de la Dame Blanche ? plaisante Tom.

— N'importe quoi, renchérit Noah. Pour qui tu nous prends ? On est des grands et on n'a peur de rien.

— Mais oui, ne t'inquiète pas, reprend Adam. Je veillerai sur les gosses.

— Ok mais au moindre problème, vous m'appelez et on avisera. D'accord ?

— Oui d'accord. Allez tata et bonne chance pour la réparation. On espère te voir demain.

Adam raccroche et les trois autres lui tombent littéralement dessus. Ils le roulent dans le sable en riant. Yohan s'écrie :

— « Je veillerai sur les gosses ». Non mais t'es sérieux là ? T'as deux ans de plus que nous et tu te la joues grand. Demande pardon aux « gosses » sinon on te noie !

— Pitié ! Pardon les gosses. Je ne le referai plus. C'est promis, fait semblant de supplier Adam.

— C'est bon pour cette fois. Mais on t'a à l'œil, dit Noah en éclatant de rire.

— Bon, c'est pas tout ça, mais on fait comment ? demande Guillaume jusque-là silencieux.

— Ben, il est cinq heures. Je propose qu'on prenne une douche dans le creek et ensuite on peut faire une partie de Uno, propose Yohan.

La troupe acquiesce et tout le monde se dirige vers le creek qui se trouve non loin de là. Bien sûr, la « douche » est l'occasion d'une partie de volley endiablée.

La nuit commence à tomber et le ciel devient étrangement noir.

Chapitre 9
La tempête

Après le repas, les quatre garçons font la vaisselle et entame une partie de Uno endiablée. Le ciel est de plus en plus noir et un petit vent s'est levé. Vers huit heures, le téléphone sonne.

— Allo, dit Adam en mettant le haut-parleur pour que tout le monde entende.

— Adam, c'est papa. La voix de Tom semble un peu inquiète.

— Papa, qu'est-ce qu'il y a ? Tu as une drôle de voix.

— Les garçons, une tempête arrive. Il faut que vous alliez vous réfugier dans la grotte qu'il y a au nord de l'île, là où vous étiez hier.

— La grotte ? Quelle grotte ? demande Noah

— Vous vous souvenez où on vous a trouvés hier ? Eh bien si mes souvenirs sont bons, il y a une grotte pas très loin, répond Tom. Écoutez-moi bien. Vous allez démonter les tentes, les ranger dans le tronc creux qu'il y a à côté de la tente de Noah et Guillaume. Ensuite, vous irez vous abriter dans la grotte.

— Mais, et toutes les affaires, les matelas, les oreillers et la vaisselle ? Qu'est-ce qu'on en fait ? demande Adam.

— Sécurisez-les avec des cailloux et du sable. Rangez-les dans la cabane. Le plus important c'est de vous protéger vous.

— Mais pourquoi on ne reste pas dans la cabane ? demande Yohan.

— Tu as vu l'état dans lequel elle est. À mon avis, vous n'y serez pas en sécurité. D'accord ?

— D'accord. On se met au travail et on te rappelle lorsqu'on arrive dans la grotte.

— D'accord. Faites bien attention à vous. Vos mères me tueront s'il vous arrive quelque chose. À tout à l'heure.

— À plus, papa.

Après avoir raccroché, les quatre ados démontent les tentes. Alors qu'ils sécurisent le reste des affaires, la pluie se met à tomber. Fine au début, puis de plus en plus forte. Puis le vent se lève. Les serviettes, qui étaient encore posées sur la table en bois, s'envolent. Tout à coup, Guillaume s'exclame :

— Mais là où on était hier, c'est là où on a vu la Dame Blanche !

Les garçons s'arrêtent.

— C'est vrai ça, renchérit Yohan. Ça craint.

— Mais non ! Papa a dit que ce n'était qu'une légende et il nous a expliqué que ce n'était qu'une illusion d'optique avec le coucher de soleil, dit Adam pour les rassurer.

— Mais oui, c'est ça ! Moi j'ai trop la trouille. On a qu'à se mettre derrière les arbres pour s'abriter, dit Noah. Je reste ici. Qui est pour ?

Il n'a pas fini de parler qu'un éclair déchire le ciel. Le vent de plus en plus fort fait un bruit terrible.

— Vite, il faut qu'on aille se mettre à l'abri, hurle Adam dans le vacarme du vent.

— Mais et la Dame blanche ? demande Guillaume.

— Tant pis ! On ne peut pas rester ici. C'est trop dangereux.

— Oui et je préfère affronter un fantôme que les éléments déchaînés, rétorque Yohan.

Ils attrapent chacun une lampe torche et se mettent à courir. Ils trébuchent, la pluie fouette leurs visages et les branches des arbres émettent des craquements lugubres. Après une folle course à travers la forêt, ils arrivent enfin en vue de la crique où se trouve la grotte.

Chapitre 10
La grotte

— Là, en bas, c'est la crique où on était hier, hurle Adam. Allez, on descend.

Soudain, devant eux se dresse une étrange lueur.

— La …la… la Dame blanche, bafouille Guillaume complètement affolé.

En effet, on distingue maintenant la forme d'une femme habillée de blanc. Elle semble flotter dans les airs. Terrorisés, les garçons descendent vers la crique et pénètrent dans la grotte.

— On va mourir, pleure Guillaume.

— Mais non, le réconforte Adam. Maintenant, au moins, on est à l'abri de la tempête.

— Oui, mais que fait-on si elle arrive ici ? demande Guillaume.

— On avisera ? Où est Noah ? demande Adam.

— Je suis là, répond une voix au fond de la grotte. Vous devriez venir voir.

Yohan, Adam et Guillaume se dirigent au fond de la grotte. Arrivés au niveau de Noah, ils se figent. Dans la lumière de leurs torches, ce qu'ils voient les stupéfie. Devant eux, des dizaines de glacières, des carapaces de tortues, des mâchoires de requin sont entassées sur des étagères.

— Qu'est-ce que c'est que tout ça ? demande Yohan.

Les glacières semblent reliées à un moteur qui ne fonctionne pas. Du moteur, partent des fils électriques qui sortent de la grotte et sont reliés à une sorte de mini centrale solaire. L'un des fils est cassé.

— Aucune idée, répond Adam.

— Moi je sais, dit Noah. Vous vous souvenez, l'autre soir au journal télé, ils ont parlé des nids de tortues qui avaient été pillés à Bourail.

— Oui et alors ? dit Guillaume qui ne comprend pas.

— Mais réfléchis voyons. Le journaliste a parlé de pilleurs de nids. Ce doit être des contrebandiers, des trafiquants. Ils stockent tout ici avant de partir pour vendre ce qu'ils ont récolté dans d'autres parties du monde.

— Mais oui, et qui vient ici ? Les gens viennent rarement. Du coup pour des trafiquants c'est tranquille et ils peuvent faire leurs magouilles tout à leur aise. Ouvrons les glacières pour voir ce qu'il y a dedans, dit Adam.

Adam se baisse vers la première glacière, l'ouvre et…

— Des œufs de tortues ! Il y en a des centaines.

— Dans celle-ci, dit Guillaume, il y a de la viande. Mais je ne sais pas ce que c'est.

— Montre, dit Adam. Ça, c'est de la viande de tortue.

— Mais c'est interdit de chasser les tortues ! s'exclame Guillaume.

— Et ça qu'est-ce que c'est ? demande Yohan.

Chapitre 11
Un mystère éclairci

Yohan se tient devant une sorte de machine. Il y a un laser pointé vers un miroir. Elle est reliée à un autre moteur plus petit qui semble aussi éteint.

— Je ne sais pas du tout. Mais ça, je sais ce que c'est, dit Adam en désignant le moteur. C'est un groupe électrogène et si on veut savoir à quoi sert cette drôle de machine, il suffit de refaire le plein et de le mettre en route. On dirait qu'il est éteint depuis quelques heures.

— Mais ça va faire un boucan d'enfer, dit son frère.

— Non, c'est le nouveau modèle. Il est silencieux et a une grande autonomie.

Adam trouve un jerrican d'essence, fait le plein et démarre le fameux groupe qui, effectivement, est très silencieux. Ils se dirigent vers la mystérieuse machine et tournent autour. Tout à coup, la Dame blanche apparaît. C'est l'affolement général. Ils se blottissent les uns contre les autres et attendent.

— C'est bizarre, dit Adam. Elle ne bouge pas.

Il se lève et se dirige vers la forme blanche.

— Reviens, elle va te tuer, crie son frère terrorisé.

Adam s'approche, peu rassuré, mais il est le plus âgé alors il doit montrer l'exemple. Il essaie d'attraper le spectre blanc mais sa main ne rencontre que le vide. Les autres, plus confiants, le rejoignent. Au bout de quelques minutes, la forme spectrale disparaît.

— Mais qu'est-ce que c'est que ça ? demande Yohan médusé. Quelqu'un a touché à quelque chose quand on examinait la machine ?

— Ben non, répondent les autres.

— Il a bien fallu qu'on touche quelque chose. Ça ne s'est pas déclenché tout seul, dit Adam.

— Je suis juste passé devant le laser, dit Guillaume.

— Voyons, dit Adam en passant devant le laser.

— Ben ça alors, s'écrient les garçons.

Ils n'en croient pas leurs yeux. La Dame blanche qui les terrorisait tant réapparaît. Puis au bout de quelques minutes, elle disparaît de nouveau.

— C'est un hologramme, s'exclame Noah. C'est incroyable.

— J'ai compris, dit Adam. Les contrebandiers s'en servent pour faire fuir les curieux. Regardez sur nous, ça a parfaitement fonctionné. S'il n'y avait pas eu cet orage, on ne serait pas revenu tout de suite de ce côté.

— C'est clair, s'écrient les trois autres en éclatant de rire.

— Qu'est-ce qu'on a été nul, dit Noah. Tout le monde sait que les fantômes, ça n'existe pas. Je crois que je ne vais pas me vanter de cette histoire.

— Nous non plus.

— Bon, maintenant qu'on a résolu ce problème, on devrait dormir un peu car je n'ai pas l'impression que dehors ça se calme, propose Adam.

Les garçons ne se le font pas dire deux fois. Ils s'installent dans le fond de la grotte alors que dehors, les éléments se déchaînent et ils s'endorment.

Chapitre 12
Les otages

Le lendemain matin, le soleil brille de nouveau. Les garçons se réveillent à l'aube et décident d'appeler Tom pour lui raconter leur découverte. Adam sort le téléphone et…

— Mince, il n'y a pas de réseau !

— Va dehors, tu en auras peut-être, propose Noah.

Adam se dirige vers l'entrée de la grotte, sort puis revient en courant.

— Qu'est-ce qui t'arrive ? demande son frère.

— Chut, murmure Adam. Vous vous souvenez du magnifique voilier qu'on a vu le premier jour ?

— Oui, celui des touristes.

— Il est dans la baie. Il a dû venir se mettre à l'abri de la tempête. Et il y a des hommes qui viennent par ici.

— Ben, c'est super, on est sauvé. Car je suppose qu'il n'y avait pas de réseau, demande Guillaume.

— Non. Mais je ne crois pas que c'étaient des touristes finalement.

— Pourquoi tu dis ça ? demande Yohan.

— Tu crois que ce sont les contrebandiers ? demande Guillaume.

— Qui veux-tu que ce soit d'autre ? riposte Noah. S'ils viennent ici c'est sûrement pour récupérer leur butin. Qu'est-ce qu'on va faire ?

— Venez, j'ai vu que la grotte faisait une sorte de renfoncement par ici. On va se cacher là.

Ils se cachent dans le coin et attendent sans faire de bruit. Deux hommes, un très grand et un petit, ainsi qu'une femme, entrent dans la grotte. Les deux hommes ont des révolvers à la ceinture. C'est sûr, ils ne ressemblent pas à des touristes et ils n'ont pas l'air commodes. Les garçons ne bougent pas.

— Mince, il n'y a plus de courant. C'est sûrement la tempête qui a dû casser les fils, dit la femme. J'espère que la mini centrale n'est pas trop abîmée.

— T'inquiète pas avec ce qu'on va gagner, on pourra en racheter une dizaine, dit le plus petit des hommes en riant.

— T'as raison !

— C'est tout ce qui vous inquiète, gronde l'autre homme. Moi ce qui m'inquiète c'est la viande. Si elle est tournée, on va perdre gros. Et on ne peut plus rester ici. Ça devient trop risqué. Vous avez vu le bateau hier qui retournait vers la grande terre. Ils ont dû venir passer la journée sur l'îlot. J'espère qu'ils ne sont pas venus de ce côté et si c'est le cas, que notre stratagème a fonctionné pour les faire fuir.

Il ouvre l'une des glacières.

— Ça va c'est encore congelé. Bon, on va d'abord embarquer les œufs et la viande de tortue. On pourra rebrancher les glacières à bord. Allez, on y va.

Ils prennent chacun une glacière et sortent. Les garçons, toujours immobiles, attendent.

— J'ai envie de faire pipi, se plaint Yohan.

— Oui ben c'est pas le moment, dit son frère.

— Chut, ils reviennent, dit Guillaume.

En effet, les trois contrebandiers sont déjà de retour. Ils s'apprêtent à prendre trois autres glacières, quand tout à coup, Guillaume éternue. Ils se dirigent vers le bruit.

— Tiens, tiens, mais qui voilà ? Sortez de là !

Les garçons sortent, Guillaume est désolé.

— Alors vous trois ? Que faites-vous ici ? demande le plus grand des hommes.

TROIS ! Les garçons cachent leur surprise, car en effet, Noah n'est plus avec eux.

— Alors, que faites-vous là ? Vous êtes seuls ? Où sont vos parents ?

Adam leur explique qu'ils sont venus camper seuls et que leur père doit venir les récupérer le lendemain. Bien sûr, il ne parle pas de Noah.

— Bien, c'est super ! Vous allez nous aider à charger la marchandise, dit l'homme. Mais avant ça, donnez-nous vos téléphones.

Guillaume tend son téléphone. Et les deux autres disent qu'ils n'en ont pas.

— Mais…, commence Guillaume.

— J'ai oublié le mien dans la tente, coupe Adam.

— Fouille-les ! ordonne le plus grand des hommes à la femme.

La femme les fouille mais ne trouve rien. Adam fait les gros yeux à Guillaume qui comprend qu'il a failli faire une gaffe. « Super, pense Adam. Noah a dû prendre mon téléphone. J'espère qu'il va nous tirer de là. ».

— Bien, on va continuer de charger et on leur réglera leur sort plus tard, dit le plus grand des hommes qui semble être le chef. Allez, dépêchez-vous un peu, moussaillons.

« Moussaillons ! Il se prend pour un pirate ou quoi ! » pense Yohan.

Pendant plusieurs heures, ils font des allers-retours de la grotte au bateau. À midi, ils s'arrêtent pour manger. Les garçons n'en peuvent plus.

— Qu'est-ce qu'on va en faire ? demande la femme en montrant les trois enfants de la tête. On ne va pas les tuer quand même ?

— Non, j'ai eu une autre idée, dit le chef. On va les prendre avec nous pour sortir des eaux territoriales puis on les abandonnera quelque part sur notre route. Comme ça, si on se fait arrêter, on pourra dire qu'on voyage en famille.

— Très bonne idée. Allez, on continue, il faut qu'on lève l'ancre ce soir avec la marée.

Chapitre 13
La radio

Pendant ce temps-là, Noah est en haut de la colline et il essaie de capter du réseau.

Ce matin, alors que les trafiquants étaient partis avec les premières glacières, il en avait profité pour s'éclipser discrètement de la grotte. Il avait pris le téléphone d'Adam qui dépassait de sa poche et n'avait rien dit aux autres car il pensait que seul ce serait plus discret qu'à quatre. Et, il avait eu raison car les trois contrebandiers revenaient alors qu'il sortait à peine de la grotte. Il s'était caché dans un caillou creux et avait attendu qu'ils recommencent leur va-et-vient. Il avait eu peur lorsque les garçons avaient été découverts. Non mais Guillaume, il ne pouvait pas se retenir. Heureusement, ils ne l'avaient pas trahi quand l'homme leur avait dit « Allez, vous trois ! ». Dès qu'ils étaient repartis au bateau, il avait couru vers les arbres pour se mettre à l'abri. Ensuite, il avait entrepris l'ascension de la colline car il espérait avoir plus de réseau en haut.

— Mince, toujours pas de réseau ! Qu'est-ce que je peux faire ? se demande Noah très inquiet.

Il regarde autour de lui. Rien à l'horizon. Pas le moindre bateau en vue. Il fait un temps magnifique mais Tom n'a peut-être pas fini de réparer son moteur. Il regarde sa montre, il est midi. Il décide de retourner à leur campement.

À son arrivée, il constate l'étendue des dégâts. Il regarde de nouveau le téléphone : toujours aucun signal. Découragé, il s'assoit et commence à pleurer. « C'est fichu, se lamente-t-il. Les garçons vont mourir parce que je suis un gros nul, un incapable ! »

Il finit par se lever et commence à ramasser les affaires qui sont éparpillées un peu partout. Dire qu'hier il était si heureux. En plus, il avait appris tant de choses avec Tom, comment pêcher, faire une battue à la chasse, tricher aux cartes et même qu'en bateau il valait mieux avoir une radio marine, on dit VHF, qu'un téléphone qui... Noah interrompt ses pensées et dit tout haut :

— La radio ! mais oui la radio.

Il se lève et court vers l'arbre creux. Il sort furieusement un à un les sacs et trouve la fameuse radio. Vite comment elle fonctionne déjà ? Ah oui ! Il tourne le bouton, se cale sur le canal 16 et dit :

— Mayday, mayday, mayday. Ici Noah Leblanc. Je suis sur l'îlot Balabio. Mes amis sont retenus prisonniers par des trafiquants de tortues. Mayday, mayday, mayday.

La radio grésille, crépite, puis plus rien. Noah recommence.

— Mayday, mayday, mayday. Ici Noah Leblanc. Je suis sur l'îlot Balabio. Mes amis sont retenus prisonniers par des trafiquants de tortues. Mayday, mayday, mayday.

— Ici la gendarmerie de Poum[14]. Ceci est un canal réservé aux urgences. Veuillez vous identifier.

— Ici Noah Leblanc. J'ai 12 ans et je suis sur l'île de Balabio avec mes cousins. On s'est réfugié dans une grotte pendant l'orage et on a trouvé des glacières pleines de viande et d'œufs de tortue, des carapaces et aussi des mâchoires de requin. Ce matin, deux hommes et une femme sont arrivés à bord d'un voilier et ils ont commencé à charger leur butin dans leur bateau. J'ai réussi à m'enfuir mais mes cousins sont toujours dans la grotte. Il faut venir nous aider.

— Calme-toi, mon garçon. On a notre vedette qui patrouille en ce moment du côté de Balabio. De quel côté es-tu ?

— Je suis du côté où il y a une ancienne cabane en ruine.

---

[14] Commune au nord de la Nouvelle-Calédonie.

— C'est bon ne bouge pas, je t'envoie quelqu'un.

Noah repose la radio. Il est vidé. Il a réussi. Ils vont être sauvés. Il va sur la plage et attend la vedette de la gendarmerie en espérant que rien de grave ne soit arrivé à ses cousins et à Guillaume.

Au bout d'un temps qui lui parut interminable, il aperçoit enfin un bateau qui passe à la pointe. Il fait de grands signes. Noah regarde sa montre, il est quinze heures. Quelques minutes plus tard, les gendarmes accostent. Noah pleure de joie et de soulagement.

Chapitre 14
Sauvés !

— Alors, mon grand, explique-moi ce qui t'arrive.

Et Noah raconte toute l'histoire depuis leur arrivée sur l'îlot jusqu'à son évasion de la grotte.

— Ils sont armés, tu dis ?

Noah hoche la tête.

— Bien, tu vas nous conduire. Allez, on embarque. Ici, on est sur la côte nord-est de l'îlot. Où se trouvent les trafiquants ?

Le gendarme étale une carte et montre à Noah où ils se trouvent.

— Ils sont de l'autre côté, ici, dit Noah en montrant une baie sur la côte nord-ouest de l'ilot.

Le bateau se met en route. Il remonte le long de la côte jusqu'à la pointe de l'île. Dès qu'ils l'ont passée, Noah aperçoit un voilier qui navigue vers le nord. Apparemment, il est encore au moteur car les voiles ne sont pas dépliées.

— C'est lui, crie Noah aux gendarmes.

— Tu es sûr ? Parce que regarde là-bas, de l'autre côté, il y en a un autre.

— J'en suis sûr, dit Noah.

— Rentre dans la cabine et n'en sors sous aucun prétexte.

Noah fait ce qu'on lui dit. Il a trop peur. Vu que les trafiquants sont armés, ils risquent de ne pas se laisser faire et tirer sur eux. Il s'installe et entend la sirène du bateau retentir.

— Ici la gendarmerie nationale, veuillez couper le moteur. Nous allons monter à bord.

Le bateau aborde le voilier. Le capitaine et deux gendarmes montent à bord. Noah se glisse prêt du hublot et regarde discrètement ce qui se passe.

— Bonjour monsieur, madame. On fait une inspection de routine. Avez-vous vos papiers ?

L'homme ouvre un tiroir dans le cockpit et présente les papiers aux gendarmes.

— Vous êtes en vacances ?

— On fait un tour du monde, répond l'homme. On est parti il y a plusieurs mois de Bordeaux. On a visité la Nouvelle-Calédonie et ses îles. Maintenant, on fait route vers l'Amérique du Sud.

— Vous n'êtes que deux à bord ?

L'homme acquiesce.

Après avoir inspecté le bateau, les gendarmes reviennent bredouilles.

— Tout à l'air en ordre, mon capitaine.

— Bien, toutes nos excuses pour le dérangement. Bonne route à vous.

— Merci Capitaine.

Le capitaine et les gendarmes retournent sur la vedette. Le capitaine va trouver Noah.

— Tu as dû te tromper, dit le capitaine. Il n'y a rien sur ce bateau.

— Non, dit Noah. Je suis sûr que c'est ce bateau, je l'ai reconnu.

— Ce doit être l'autre voilier. Ils se ressemblent et en plus, ils ne sont que deux à bord. Tu m'as bien dit qu'ils étaient trois ?

— Oui. Mais je suis sûr que c'est celui-là. Et l'autre homme est peut-être caché.

Noah regarde le voilier et aperçoit une petite lueur qui clignote au hublot d'une des cabines.

— Regardez ! Qu'est-ce que c'est ?

— Je ne sais pas. Un, deux, trois, pause. Un, deux, trois, pause. Un, deux, trois, pause. On dirait du morse. C'est un SOS.

Il se tourne vers les gendarmes :

— Dites-moi, vous n'êtes pas rentrés dans les cabines ?

— Si, mon capitaine. Mais elles étaient toutes vides.

— Apparemment pas. Vite, on y remonte. Attendez ! crie-t-il aux passagers du voilier.

— Quoi encore ? s'énerve la femme.

— Mettez-vous sur le côté et ne bougez plus. Vous m'avez dit que vous n'étiez que deux. Alors qui joue avec une lampe torche dans une des cabines ?

Tout à coup, l'un des deux gendarmes sort son révolver et crie :

— Mon capitaine, attention !

Il a à peine le temps de finir sa phrase qu'une détonation retentit, puis une seconde.

— Les mains en l'air !

Noah a tout vu depuis la cabine. Un homme, le troisième trafiquant, a surgi de l'intérieur du bateau, a sorti son arme et a fait feu. Le gendarme a riposté et l'homme s'est écroulé. Mort.

À partir de là, tout va très vite. Les gendarmes, restés sur la vedette, montent sur le voilier et la femme et l'autre homme sont rapidement menottés.

— Alors comme ça il n'y a que vous ? Il y en a d'autres ?

— Non. Il n'y a que lui, répond l'homme.

— Et les enfants ?

— Quels enfants ? dit la femme

— Descendez dans les cabines et retournez-moi tout, ordonne le capitaine aux gendarmes.

Noah monte à bord du voilier et au bout de plusieurs minutes, il voit sortir du carré Yohan, Guillaume et Adam. Il est fou de joie. Il a réussi. Ils s'embrassent et hurlent comme des fous. Tout le monde parle en même temps.

— Stop, leur dit le capitaine. Alors les garçons, ça va ? Rien de cassé ? Ils ne vous ont pas trop malmenés ?

— Non ça va, répond Adam. Vous avez trouvé la marchandise ?

À ce moment-là, un des gendarmes arrive. Il tient dans la main deux carapaces de tortue.

— Regardez capitaine. Il y a aussi des œufs et de la viande. Le petit avait raison.

— Eh bien les garçons, je vous félicite pour votre courage et votre présence d'esprit. Qui a fait du morse avec la lampe ?

— C'est moi, dit Guillaume. Avec Noah, on joue tellement à Indiana Jones qu'on a appris quelques techniques pour les coups durs.

— Ohé du bateau ?

— C'est papa ! crie Yohan. Coucou papa, on est là.

En effet, Tom vient d'aborder la vedette de la gendarmerie. Il voulait savoir ce qui se passait. Quelle n'est pas sa surprise de trouver les garçons à bord de ce voilier !

— Mais qu'est-ce que vous faites-là ? demande Tom.

— Tiens, Tom comment va ? dit le capitaine. Qu'est-ce que tu fais-là ?

— Salut. Je venais récupérer mes gosses que j'avais dû laisser sur l'île à cause d'une panne de moteur. Quand j'ai vu la vedette de la gendarmerie, je suis venu voir ce qui se passait.

— Tu as des enfants particulièrement débrouillards. Ils ont permis la capture de dangereux trafiquants.

Tom n'en revient pas. Le capitaine lui explique ce qui s'est passé.

— Bon, ce n'est pas tout, mais il va falloir y aller les garçons. Colette et mam se font un sang d'encre. En plus, je ne vous explique pas comment elles m'ont pourri quand elles ont su que vous étiez restés seuls sur l'île pendant la tempête. Et là, il va falloir leur raconter « ça ». Je crains le pire.

— Bien, en revanche, il va falloir venir demain à la gendarmerie de Poum pour faire votre déposition, dit le capitaine.

— Pas de soucis. On vous les emmènera.

Ils montent dans le bateau et repartent vers la grande-terre. Ils récupéreront les affaires plus tard.

Chapitre 15
Une nouvelle épreuve : les mamans !

Après avoir remercié les gendarmes, les garçons embarquent sur le bateau de Tom. Pendant la traversée, ils racontent leur aventure. Noah veut savoir ce qui s'est passé lorsqu'ils se sont aperçus qu'il avait disparu.

— Guillaume a éternué et les trafiquants nous ont découverts. Je ne t'explique pas notre surprise lorsqu'ils nous ont dit « Alors vous trois ? ». C'est là qu'on s'est aperçu que tu avais disparu. Du coup, on a repris espoir. Ensuite, ils nous ont fait embarquer toute leur marchandise sur leur bateau. On n'en pouvait plus. Je n'ai jamais eu autant la trouille et je ne pense pas être le seul. Heureusement que tu as réussi car ils voulaient nous jeter en pleine mer. Ah et… Guillaume a failli nous griller une seconde fois, dit Adam.

— Comment ça ? demande Noah.

— Quand les trafiquants nous ont demandé nos portables, il a failli demander où était le mien.

— Ouais, c'est bon, je me suis repris à temps, dit Guillaume agacé.

— Parce que je t'ai coupé la parole, dit Adam en riant. Mais ce n'est pas grave car tu t'es super rattrapé avec le coup du SOS en morse. Félicitations mec ! Et toi, Noah comment tu as fait ? Il y avait du réseau en haut de la colline ?

— Non aucun réseau. Je vous avoue que je commençais à désespérer, puis je me suis souvenu de la radio marine que Tom nous avait montrée la veille. Je l'ai retrouvée et j'ai appelé les secours. Noah se garde bien de raconter le moment où il a pleuré. Après tout, ils n'ont pas besoin de le savoir. Mais comment ça se fait que les gendarmes ne vous aient pas trouvés quand ils ont fouillé le bateau ?

— On était enfermé dans une salle de bain dont la porte n'était pas visible. Je crois que c'était une cache. En plus, on était ligoté et bâillonné. Je ne t'explique pas le bazar pour allumer la torche et appuyer sur le bouton. J'en ai encore mal au bras car je la tenais pendant que Guillaume appuyait sur le bouton.

Enfin, ils arrivent en vue de la maison de Camille. Ils débarquent au moment où Colette et Camille et son mari arrivent de Koumac. C'est très drôle de les voir : l'une avec le bras droit dans le plâtre et l'autre avec le bras gauche. Elles ne sont pas seules. Derrière elles apparaît une dame que Noah ne connaît pas et…

— Maman, crie Noah en se jetant dans ses bras. Que je suis content de te voir ! J'ai plein de choses à te raconter. Tu ne sais pas ce qui nous est arrivé ?

— Si, si. Camille et mamie m'ont raconté que vous aviez dû passer la nuit seuls sur Balabio en pleine tempête. Tu as le chic pour qu'il t'arrive toujours quelque chose d'extraordinaire quand tu es en vacances. Au fait, je te présente ma cousine, la femme de Tom, Sophie.

— Qu'est-ce que j'ai eu peur, dit Sophie en lui claquant un bisou sonore sur la joue ainsi qu'à ses deux fils qui la repoussent en lui disant qu'ils ne sont plus des bébés. Et vous les garçons, vous allez bien ? Pas de bobo ?

— Ça va mam. T'inquiète, répond Adam.

— Et toi, tu dois être Guillaume ? reprend-elle en voyant apparaître le quatrième garçon. Eh bien, vous faites une belle bande tous les quatre. Les quatre mousquetaires. Bon allez, on va boire un bon thé et vous nous raconterez tout cela. Filez, mauvaise troupe. Quant à toi, dit-elle à son mari, on en parlera plus tard.

— Ben, ça va être ma fête, murmure Tom ironiquement aux garçons. J'ai peur.

— Je t'ai entendu, rétorque sa femme.

— Mais la tempête, la nuit sur l'îlot, c'était rien ! dit Noah.

— Comment ça « c'était rien » ? À vos âges, seuls sur un îlot pendant une tempête ! Ce n'est pas ce que j'appellerai « rien » ! répond sa mère en riant. Vous avez trouvé un trésor à Balabio ?

— Eh bien hier soir, pendant la tempête on est allé se réfugier dans une grotte et…, Noah poursuit son histoire, appuyé par les trois autres surexcités. À la fin de l'histoire, les quatre femmes sont décomposées et leurs visages ne disent rien qui vaille.

— Quoi ? Mais ce n'est pas possible ! tu te rends compte que c'était extrêmement dangereux ! crie sa mère très en colère.

— Mais où aviez-vous la tête ? renchérit Sophie.

Pendant une bonne dizaine de minutes, les quatre femmes les querellent copieusement. Même Tom en prend pour son grade. Enfin, après un énième sermon :

— Bon, c'est bon, ils ont fait ce que je leur ai dit, dit Tom. Ce n'est pas de leur faute si des trafiquants avaient choisi cette grotte pour leur trafic. Moi, je trouve qu'ils ont été très courageux et surtout ils ont fait preuve d'une grande maturité. Et vous vous rendez compte, ils ont démantelé un réseau de trafiquants de tortues ! Ce n'est pas rien. Et tout est bien qui finit bien. Allez, on va le boire ce thé. Les garçons doivent être affamés.

— Bon, c'est vrai. Mais ça aurait pu mal tourner.

Les quatre femmes partent devant. Elles n'ont pas l'air complètement calmées.

— Tu avais raison, Tom, dit Noah. C'était plus facile d'affronter les trafiquants que nos mères.

— C'est clair ! Comment elles étaient vénères les daronnes ! dit Yohan.

— Oui ben n'en rajoute pas avec ce vocabulaire, dit son père. Tu sais que ta mère déteste ça. Je crois qu'on s'en est tous tirés à bon compte. Enfin, quoiqu'avec ta mère et ta grand-mère, on n'a pas fini d'en entendre parler. Allez, on y va sinon on va encore se faire engueuler.

Épilogue

Encore une fois, Noah s'est retrouvé à la Une du journal local. Décidément, si ça continue, il va devenir une vraie star. Tom lui a dit que c'était super car lorsqu'il retournerait au collège, il aurait toutes les filles à ses pieds.

Après cette aventure extraordinaire, les vacances se poursuivent, entre coups de chasse, coups de pêche, camping et surtout le coup de fête du 31 décembre.

Puis, vient l'heure du retour à Nouméa. Les quatre garçons se promettent de se revoir plus souvent pendant les prochaines vacances.

— Je pourrai venir pour les vacances de quinze jours, en avril, dit Noah.

— Aucun souci, répondent Sophie et Tom.

— Mais par contre, tu évites de chercher des trésors ou de te retrouver dans les pattes de trafiquants, rétorque sa mère. Tu essaies de passer des vacances normales, comme un petit garçon normal.

— Maman, je ne suis plus un petit garçon, lance Noah.

— Je sais ! Bon, il est temps de dire au revoir, dit la mère de Noah.

Après des embrassades à rallonge, Noah, Guillaume et madame Leblanc montent dans la voiture qui s'engage sur le chemin caillouteux de la propriété.

— Et voilà, dit Noah, encore de super vacances. J'espère que les prochaines seront aussi géniales.

— C'est vrai. Je me suis éclaté, même si j'ai eu un peu peur avec cette histoire de dame blanche, avoue Guillaume.

— Justement, reprend Noah plus doucement pour que sa mère ne l'entende pas. À propos de la Dame Blanche, on est bien d'accord que c'était la machine à hologramme qui la faisait apparaître.

— Oui. Où tu veux en venir ?

— Ben si c'était cette machine, que cette machine était dans la grotte le dernier soir et qu'il n'y en avait pas d'autres. On est bien d'accord, il n'y en avait pas d'autres ?

— Non. D'ailleurs quand les trafiquants nous ont fait embarquer, le chef a demandé à la femme si elle l'avait bien rangée mais il n'a jamais mentionné de seconde machine.

— Donc, reprend Noah, d'où venait la Dame Blanche qu'on a vue avant de se réfugier dans la grotte ?

— Mais c'est vrai ! Ça ne pouvait pas être un hologramme, puisque la machine était dans la grotte et en plus il n'y avait plus d'essence dans le moteur, s'exclame Guillaume. Alors tu crois que…

— Je ne vois pas d'autre explication, dit Noah. Je pense qu'on a vu la vraie Dame Blanche.

— Mais il ne nous est rien arrivé.

— Ben, il y a tout de même eu un mort, le trafiquant. Ça fait flipper quand même.

— Il faudrait le dire à Tom.

— Je pense qu'on devrait garder ça pour nous, ce sera notre secret car je ne suis pas sûr qu'on nous croira si on le raconte. Ils vont encore nous dire que c'était une illusion. Sauf que là il n'y avait pas de lumière et on l'a bien vue tous les quatre. À la limite, on en rediscutera avec Adam et Yohan quand on les appellera.

— C'est quoi ces messes basses, les garçons ? demande madame Leblanc.

— Rien maman. On se disait, avec Guillaume, que le reste des vacances allait être bien tranquille, répond Noah en faisant un clin d'œil à Guillaume.

Notes

1. La Nouvelle-Calédonie est un territoire français du Pacifique Sud. Elle se situe à l'Est de l'Australie et au nord de la Nouvelle-Zélande.

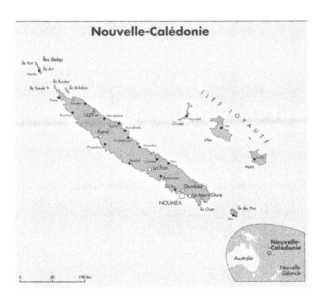

2. Réputés comme étant aphrodisiaques et délicieux en Amérique Centrale, les œufs des tortues

marines sont l'objet d'un vaste et lucratif trafic, poussant l'espèce vers le danger d'extinction. Chaque année, ce sont des milliers d'entre eux qui sont pillés la nuit sur les plages où les tortues viennent faire leur nid. Les carapaces ou du moins les écailles de tortues servent, quant à elles, à la fabrication de bijoux, de montures de lunettes ou de peignes. Heureusement, la Nouvelle-Calédonie échappe à ces trafics.

3. Les tortues sont des animaux protégés. Celles que l'on trouve en Nouvelle-Calédonie sont les *tortues vertes*, classées en danger, les *tortues grosse tête*, classées vulnérables et les *tortues bonne écaille*. Cette dernière, très recherchée pour ses écailles, est menacée d'extinction.

Les tortues sont des espèces bien connues en Nouvelle-Calédonie. Tous les ans, entre novembre et mars, la plage de la Roche percée, à Bourail, devient le deuxième plus important secteur de ponte des tortues grosses têtes dans le Pacifique Sud.

Tortue grosse tête

Tortue verte, ainsi appelée non pas pour sa couleur de carapace, mais pour la couleur de sa graisse qui est verte.

Tortue bonne écaille ou tortue imbriquée.

Imprimé en Allemagne
Achevé d'imprimer en juillet 2022
Dépôt légal : juillet 2022

Pour

Le Lys Bleu Éditions
40, rue du Louvre
75001 Paris